Bibliographische Information der Deutschen Nationalbibliothek
Die Deutsche Nationalbibliothek verzeichnet diese
Publikation in der Deutschen Nationalbibliographie; detaillierte
bibliographische Daten sind im Internet über
http://dnb.d-nb.de abrufbar.

12. Auflage 2009
© der deutschsprachigen Ausgabe
Sauerländer 2011; B
Bibliographisches Institut GmbH
Dudenstraße 6, 68167 Mannheim
© überarbeitete Nachauflage 2002
Patmos Verlag GmbH & Co. KG
Sauerländer Verlag, Düsseldorf
Deutsch von Rolf Inhauser
Alle Rechte vorbehalten
Printed in China
ISBN 978-3-7941-3059-7
www.sauerlaender.de

Wir gehen auf Bärenjagd

Erzählt von
Michael Rosen

Bilder von
Helen Oxenbury

Sauerländer

Wir gehen auf Bärenjagd.
Wir fangen einen ganz Großen.
Und wenn ihr uns fragt,
wir haben keine Angst
in den Hosen.

Huhu! Gras!
Langes, nasses Gras.
Drüber können wir nicht.
Drunter können wir nicht.

Oh, nein!
Wir müssen mitten rein!

Wischel, waschel!
Wischel, waschel!
Wischel, waschel!

Wir gehen auf Bärenjagd.
Wir fangen einen ganz Großen.
Und wenn ihr uns fragt,
wir haben keine Angst in den Hosen.

Huhu! Ein Fluß!
Ein nasser, kalter Fluß.
Drüber können wir nicht.
Drunter können wir nicht.

Oh, nein!
Wir müssen mitten rein!

Plitsch, platsch!
Plitsch, platsch!
Plitsch, platsch!

Wir gehen auf Bärenjagd.
Wir fangen einen ganz Großen.
Und wenn ihr uns fragt,
wir haben keine Angst
in den Hosen.

Huhu! Schlamm!

Matschiger, glitschiger Schlamm!

Drüber können wir nicht.

Drunter können wir nicht.

Oh, nein!

Wir müssen mitten rein!

Quitsch, quaatsch!
Quitsch, quaatsch!
Quitsch, quaatsch!

Wir gehen auf Bärenjagd.
Wir fangen einen ganz Großen.
Und wenn ihr uns fragt,
wir haben keine Angst
in den Hosen.

Huhu! Ein Wald!
Ein dunkler, kalter Wald!
Drüber können wir nicht.
Drunter können wir nicht.

Oh, nein!
Wir müssen mitten rein!

Holper. Stolper!
Holper. Stolper!
Holper. Stolper!

Wir gehen auf Bärenjagd.
Wir fangen einen ganz Großen.
Und wenn ihr uns fragt,
wir haben keine Angst
in den Hosen.

Huhu! Ein Schneesturm!
Ein wirbeliger Schneesturm!
Drüber können wir nicht.
Drunter können wir nicht.

Oh, nein!
Wir müssen mitten rein!

Huuuh, wuuuh!
Huuuh, wuuuh!
Huuuh, wuuuh!

Wir gehen auf Bärenjagd.
Wir fangen einen ganz Großen.
Und wenn ihr uns fragt,
wir haben keine Angst
in den Hosen.

Huhu! Eine Höhle!
Eine dunkle, finstere Höhle!
Drüber können wir nicht.
Drunter können wir nicht.

Oh, nein!
Wir müssen mitten rein!

Tipp, tapp!
Tipp, tapp!
Tipp, tapp!
Was ist das?

Eine glänzende, nasse Nase!

Zwei große, pelzige Ohren!

Zwei große, runde Augen!

Das ist ein Bär!!!

Schnell! Zurück durch die Höhle! Tipp, Tapp! Tipp, Tapp! Tipp, Tapp!

Zurück durch den Schneesturm! Huuuh, wuuuh! Huuuh, wuuuh!

Zurück durch den Wald! Holper, stolper! Holper, stolper! Holper, stolper!

Zurück durch den Schlamm! Quietsch, quaatsch! Quietsch, quaatsch!

Zurück durch den Fluß! Plitsch, platsch! Plitsch, platsch! Plitsch, platsch!

Zurück durch das Gras! Wischel, waschel! Wischel, waschel! Wischel, waschel!

Türe auf!

Treppe rauf!

Oh, nein!

Der Bär kommt rein!

Türe zu!
Jetzt ist Ruh!

Ach wie gut, ach wie nett,
ist so ein großes,
warmes Bett!

Wann gehen wir

wieder auf Bärenjagd?